桐城派散文

◎ 主编　金开诚

◎ 编著　刘永鑫

吉林出版集团有限责任公司

吉林文史出版社

图书在版编目（CIP）数据

桐城派散文 / 刘永鑫编著 . —长春：吉林出版集
团有限责任公司：吉林文史出版社，2010.11（2022.1 重印）
ISBN 978-7-5463-3964-1

Ⅰ . ①桐… Ⅱ . ①刘… Ⅲ . ①古典散文－作品集－中
国－清代 Ⅳ . ① I264.9

中国版本图书馆 CIP 数据核字（2010）第 205550 号

桐城派散文

TONGCHENGPAI SANWEN

主编/ 金开诚　编著/刘永鑫

项目负责/崔博华　责任编辑/崔博华　邱 荷

责任校对/邱 荷　装帧设计/柳甬泽　张红霞

出版发行/吉林文史出版社　吉林出版集团有限责任公司

地址/长春市人民大街4646号　邮编/130021

电话/0431-86037503　传真/0431-86037589

印刷 / 三河市金兆印刷装订有限公司

版次/2010 年 11 月第 1 版　2022 年 1 月第 6 次印刷

开本/650mm×960mm　1/16

印张/9 字数/30千

书号/ ISBN 978-7-5463-3964-1

定价/34.80元

编委会

前　言

　　文化是一种社会现象，是人类物质文明和精神文明有机融合的产物；同时又是一种历史现象，是社会的历史沉积。当今世界，随着经济全球化进程的加快，人们也越来越重视本民族的文化。我们只有加强对本民族文化的继承和创新，才能更好地弘扬民族精神，增强民族凝聚力。历史经验告诉我们，任何一个民族要想屹立于世界民族之林，必须具有自尊、自信、自强的民族意识。文化是维系一个民族生存和发展的强大动力。一个民族的存在依赖文化，文化的解体就是一个民族的消亡。

　　随着我国综合国力的日益强大，广大民众对重塑民族自尊心和自豪感的愿望日益迫切。作为民族大家庭中的一员，将源远流长、博大精深的中国文化继承并传播给广大群众，特别是青年一代，是我们出版人义不容辞的责任。

　　本套丛书是由吉林文史出版社和吉林出版集团有限责任公司组织国内知名专家学者编写的一套旨在传播中华五千年优秀传统文化，提高全民文化修养的大型知识读本。该书在深入挖掘和整理中华优秀传统文化成果的同时，结合社会发展，注入了时代精神。书中优美生动的文字、简明通俗的语言、图文并茂的形式，把中国文化中的物态文化、制度文化、行为文化、精神文化等知识要点全面展示给读者。点点滴滴的文化知识仿佛颗颗繁星，组成了灿烂辉煌的中国文化的天穹。

　　希望本书能为弘扬中华五千年优秀传统文化、增强各民族团结、构建社会主义和谐社会尽一份绵薄之力，也坚信我们的中华民族一定能够早日实现伟大复兴！

目录

一、桐城派的起源

首先，桐城派的兴起与当时大的政治环境有着密切的关系。

当时清王朝入主中原，统治全国二百多年，长期的征服战争给中原人民带来了深重的灾难，在很长一段时间里人民生活十分困苦，同时它也创造了空前的大一统的政治局面，使清代成为封建文化大融合、大总结、大繁荣、大成熟的时期。

为了巩固清王朝的统治地位，清朝

统治者在文化政策上实施了严密的控制，其间清统治者大兴文字狱，残暴镇压汉族知识分子，又千方百计笼络人才为其服务，表现出了对各方面人才颇为宽松的包容性。同时，统治者为了表明其治国策略与汉族历代王朝在政治思想上的一致性和连续性，达到收服人心的目的，也力推程朱理学，同时也非常注重实用和言行一致，反对空谈义理，这为桐城派的发展兴盛创造了良好的条件。清王朝的文化政策最根本的是强调文章要为政治服务，而桐城派则坚持文学家和文学本身的主体性，通过艰苦的

创作实践，创立了系统完整的文学理论。这是桐城派之所以兴盛、发展的最根本性因素。

其次，桐城派的兴起也与当地的自然风光、人文气息有着直接的关联。

秀丽的风景、宜人的生态环境，熏陶净化了桐城派作家的身心，他们一改文坛"以华靡相尚""连篇累牍，皆属浮词"之陋习，把古文引向了自然淳朴、清正雅洁的正途。戴名世曾说："余性好山水，

而吾桐山水奇秀，甲于他县。"他认为为文要"率其自然而行其所无事"，又说:"窃以谓天下之景物，可喜可愕者不可胜穷也……至于用之于文则自余始。""四封之内，田土沃，民殷富，家崇礼让，人习诗书，风俗醇厚，号为礼仪之邦。"从这几句话我们可以看到，桐城具有美丽的自然风景和淳朴的社会风气，养成了桐城派作家专心致志于古人的道德、文章而不懈探求的独特性格和坚韧不拔的精神，对桐城派作家形成清正雅洁的文风产生了积极影响。

桐城是一个文化气息浓重的地方，有着"穷不丢书，富不丢猪"的风俗，《没有先生名不成》《劝学》等民歌，也都反映了民间社会尊师重教的良好风气。桐城在明清两代有进士265人，举人589人，比同属安庆府的怀、潜、太、宿、望五

县进士和举人的总和还要超出数倍以上。"宋画第一"李公麟、明代进步政治家左光斗、明末清初唯物主义哲学家方以智、著名诗人钱澄之以及清代父子宰相张英、张廷玉等，都出自桐城，为桐城派作家戴名世、方苞、刘大櫆、姚鼐等人才的辈出，创造了良好的文化氛围。

再次，桐城派内在血缘、姻亲和师生关系的特殊纽结，促进了桐城文派的兴起。

桐城文派作为中国古文第一流派，绵延二百余年，名作家达一千二百余人，留下传世之作两千多种，成为中国文学史上历时最长、人数最多、影响最大的文派。近代国学大家马厚文有诗为赞："黄舒山水古今奇，释氏衰微儒士追。何意高文归一县，遂令天下号宗师。"细观之下，桐城文派有别于其他文派的一个重要的非文学因素就是它建立在血缘、姻亲和师生等亲密关系之上，这种特殊纽结使其内部结构十分稳定。

由于桐城"成学治古文者综千百计"，形成了同辈之间互相切磋、共同提高的群体效应。例如戴名世十七八岁时，就喜欢同乡里的学子"相与砥砺以名行，商

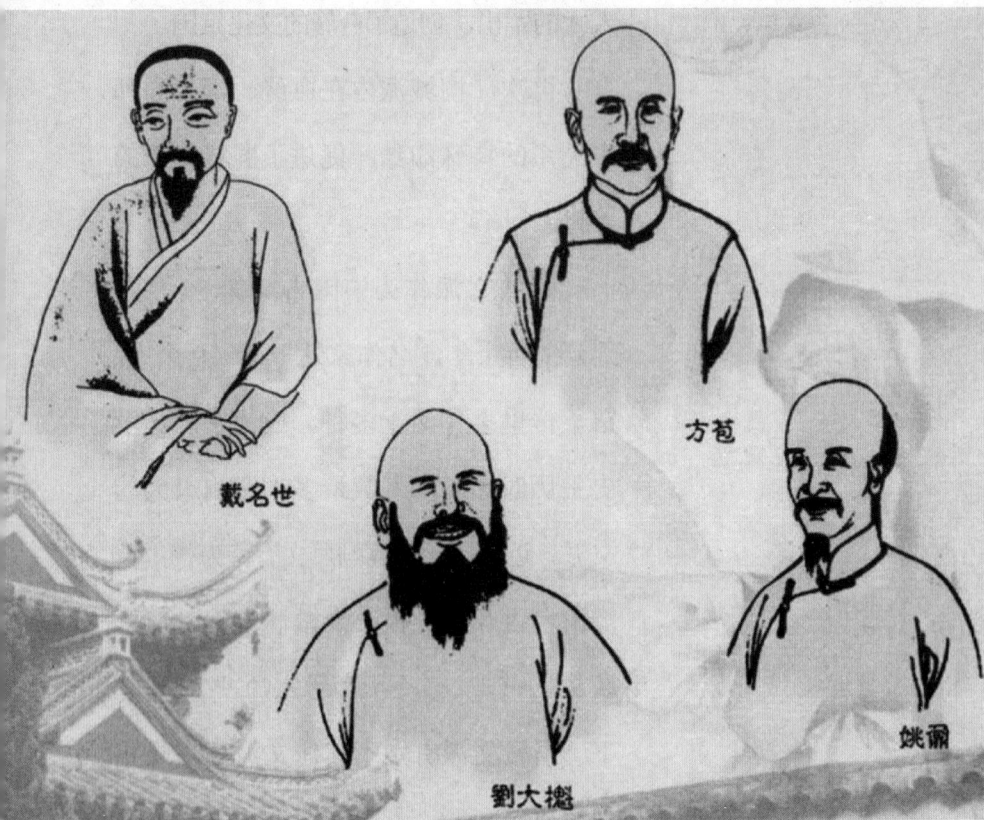

戴名世

方苞

刘大櫆

姚鼐

榷文章之事"，而方苞常同开山祖师戴名世切磋古文、深受教益，最后成为桐城派创始人；刘大櫆在古文上的显赫名声和在桐城派中的崇高地位，又离不开方苞的赏识和帮助；姚鼐的成才和出名，又直接得力于刘大櫆的谆谆教诲。这种名师出高徒、代代相传的连锁效应，使得桐城派人才辈出，群英荟萃。

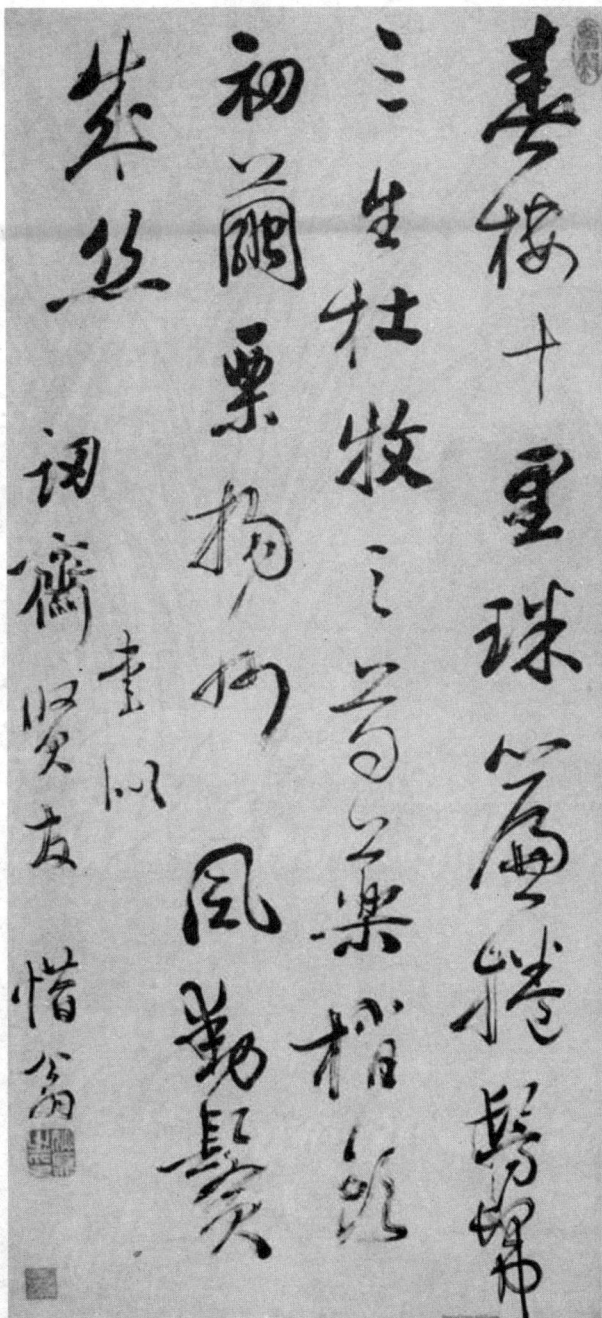

二、桐城派散文的代表人物及其文学主张的演变过程

（一）桐城派先驱——戴名世

桐城派先驱戴名世（1653—1713），字田有，一字褐夫，因为他曾在桐城南山砚庄居住过，后人称他为南山先生，安徽桐城人。

戴名世出身在一个下层知识分子家庭，小的时候，戴名世家里很贫穷，生活艰难，坎坷不平的生活经历以及由此而来的生活的磨炼，造就了他独特的性

格，也使他发奋立志，为他以后思想的发展奠定了坚实的基础。

戴名世6岁的时候就开始读书，11岁就可以很熟练地背诵"四书""五经"，被乡里的长辈称为神童。他每天都坚持读书，如果一天不读书，就会觉得好像丢了什么似的；得到一本书以后，他往往反复诵读，常常废寝忘食。经过不懈的努力，戴名世在很年轻的时候就可以写出华美的文章，20岁的时候就开始自己开学堂教学生，28岁的时候考上了秀才，不久以贡生身份进入京师，补为正蓝旗教习。

戴名世青少年时代深受其祖父辈以及博学隐士及前朝英烈的影响。戴名世耳闻目睹了从曾祖父、祖父到父辈的言行并深受影响，特别是父亲临终时曾语重心长地对他说："吾其死于忧乎！吾死，祸必及才，汝勿效我忧也。"他深知自己忧患的种子

已播入儿子的心中，他担心这日后将酿成大患，后来戴名世的屈死不幸被其父言中。

特殊的生活经历，让戴名世对社会和生活有了较为深刻的理解和认识。当时正值民族思想活跃的高峰时期，青少年时期的戴名世就树立了"视治理天下为己任"的豪情壮志。

戴名世本来就饱尝了世态炎凉，加上先辈的影响，以及亲身感受到腐朽的封建制度所带来的痛苦，因此，他的青少年时代，基本上是在与清廷不合作的状态下度过的，并日渐树立起以拯救社会为目标的"当世之志"，视治理天下为己任，并经常因文章而得罪权贵。

戴名世34岁的时候被推荐进入国子监，生性正直的他不愿攀附权贵，因此只能过着冷清、孤寂的生活。此后，他经常和京师的徐贻孙、王源、方苞等人相聚，常喝得大醉，对社会上的一些

腐败、黑暗的事情讥讽怒骂，招来很多达官贵人的不满。他们也共同磋商古文创作方面的经验，推动了古文创作的发展，也为桐城派的诞生奠定了基础。

戴名世是清康熙时代著名的文学家。方苞曾说："当世之士，学成而并于古人者，无有也，其才之可拔以进于古者，仅得数人，而莫先于褐夫。"足见戴名世古文之成就和地位。他不仅在古文

创作方面实绩卓著，而且形成了一套较完整的古文理论。

在古文的思想内容方面，戴名世主张率其自然而立诚有物。戴名世在《与刘言洁书》中这样说道：

　　君子之交，淡焉泊焉，略其町畦，去其铅华，无所有，乃其所以无所不有者也。仆尝入乎深林丛薄之中，荆榛碍吾之足，土石封吾之目，虽咫尺莫能尽焉。余且惴惴焉惧跬步之或有失也。及登览乎高山之巅，举目千里，云烟在下，苍然芒然，与天无穷。顷者游于渤海之滨，见夫天水浑沦，波涛汹涌，惝恍四顾，不复有人间。呜呼，此文之自然者也。

文中的"淡焉泊焉"，不仅指文章

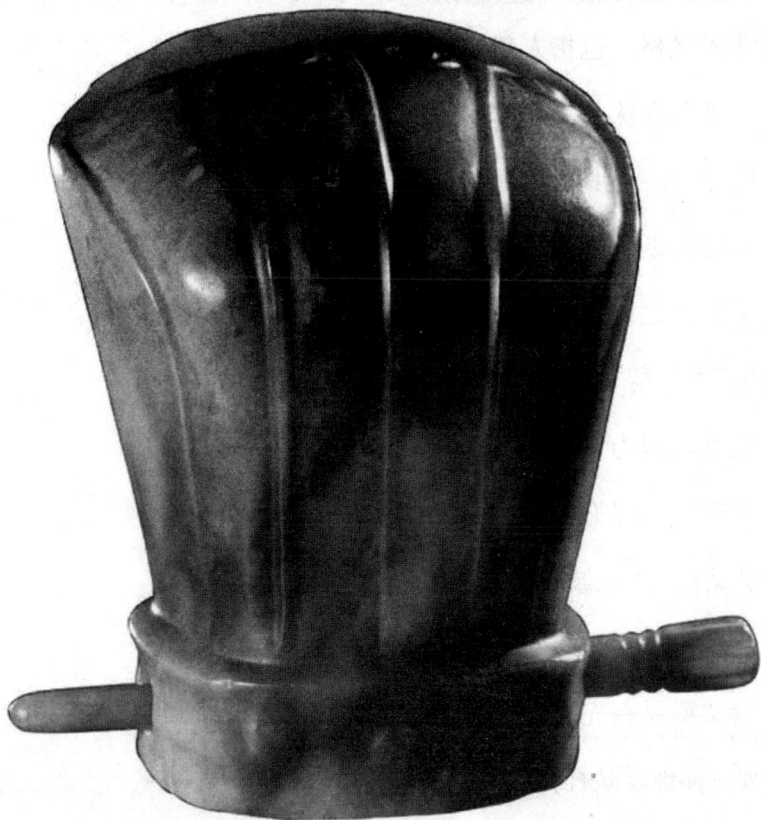

的艺术风格，也指人思想感情的本来面貌。戴名世认为，人被思想上的荆榛土石所封闭，失其本来面貌；它应像高山之巅的云烟、渤海之中的波涛，自由涌荡于天地之间。"倡情冶思出于（心之）自然""性情之真，自时时流露于其间"的文章，即为自然之文。文章贵在"率其自然"，却非仅抒一己之私情。因而戴名世又提出"立诚有物"的主张。"立诚"要求作家首先应该是个诚实的人，"有物"是指文章要有充实的思想内容，文学作品要真实地反映社会现实。戴名世在《答

赵少宰书》中说:"'君子以言有物而行有恒。'夫有所为而为之之谓物,不得已而为之之谓物,近类而切事,发挥而旁通,其间天道具焉,人事备焉,物理昭雪,夫是之谓物也。"

在古文的创作方法上,戴名世主张道、法、辞合一。为此,戴名世在《己卯行书小题序》中有这样一段话:

在昔选文行世之远者,莫盛于东乡艾氏,余尝侧闻其绪言曰:"立言之要,莫贵乎道与法。而制举业者,文章之属也,非独兼夫道与法而已，又将兼有辞焉。"是故道也，法也，辞也，三者有一之不备焉，而不可谓之文也。今夫道具载于四子之说，幽远闳深，无所不具，乃自汉、唐诸儒相继，训诂笺疏，卒无当于大道之要，至宋而道始大明。乃程、朱之后，已有浸淫而背其师说者，况以诸生学究，怀利禄之心胸，而欲使之阐明义理之精微，固已难矣。且夫道一而已，而法则有二焉：有行文之法，有御题之法。御题之法者，相其题之轻重缓急，审其题之脉络腠理，布置严谨，而不使一

毫发之有失，此法之有定者也。至于向背往来，起伏呼应，顿挫跌宕，非有意而为之，所云文成而法立者，此行文之法也，法之无定者也。道与法合矣，又贵其辞之修焉。辞有古今之分，古之辞，《左》、《国》、庄、屈、马、班以及唐、宋大家之为之者也；今之辞，则诸生学究怀利禄之心胸之为之者也。其为是非美恶，固已不待辨而知矣。自举业之雷同相从事为腐烂，则如艾氏所云。因其辞以累夫道与法者亦时有之，故曰，三者有一之不备焉而不可谓之文也。

在这段话中，戴名世提出道、法、

辞三者统一的创作方法："道也，法也，辞也，三者有一之不备焉，而不可谓之文也。"并进一步阐述了何谓道、法、辞，三者怎样合一。认为"道"是指文章的思想内容，亦即"言有物"，"法"指的是文章的结构方式；"辞"指的是文章语言。如果说"率其自然"强调的是创作方法的自由和多样化，那么"道、法、辞"合一强调的则是文章思想内容与艺术形式的完美统一。

在古文的艺术境界上，戴名世主张精、气、神合一。他在《答张伍两生书》中有这样一段论述：

古之作者，未有不得是术者也。太史公纂《五帝本纪》，择其言尤雅音，此精之说也。蔡邕曰："炼余心兮浸太清。"夫惟雅且清则精。精则糟粕煨烬尘垢渣滓与凡邪伪剽贼，皆

刊削而靡存：夫如是之为精也。而有物焉，阴驱而潜率之，出入于浩渺之区，跌宕杳霭之际，动如风雨，静如山岳，无穷如天地，不竭如山河。是物也。杰然有以充塞乎两间盖昌乎万有。呜呼！此为气之大过人者，岂非然哉！今夫言语文字，文也，而非所以文也，行墨蹊径，文也，而非所以文也。文之为文，必有出乎言

语文字之外，而居乎行墨蹊径之先。盖昔有千里马，牝而黄，伯乐使九方皋视之。九方皋曰："牡而骊。"伯乐曰："此真知马者矣！"夫非有声色臭味足以娱悦人之耳目口鼻，而其致悠然以深，油然以感，寻之无端，而出之无迹者，吾不得而言之也。夫惟不可得而言，此其所以为神也。

在这段文字中，戴名世把道教对精、气、神的理解用到了文章的写作当中，认为写文章最高的境界应该是精、气、神三者的统一。"精"的含义就是文章当中说的"雅且清"，也就是用雅洁的文字来表达作者纯正的思想。"气"的含义是指文章要有一种气势，体现出一种强大的精神力量。把作者要表达的思想内容和文章结合到一起，形成文章的内在动力。文章的气势源于作家的志向气质，作家的志向气质，在构思和创作过程中无所不在，"出入于浩渺之区，跌宕于杳霭之际"。以这种志向气质，"阴驱潜率"着自然而精美的语言，就可以使作品形成自由奔放、大气磅礴之势。"神"，指文章之神韵，它是无形的，但又是文章的精髓所在。戴名世视神韵为文章的生命和灵魂。在《程偕柳稿序》中，他干脆用"魂"来说明："今夫文之为道，行墨字句其魄也。而所谓魂者，出之而不觉，视之而无迹也。人亦有言曰：魂亦出歌，气亦欲舞。此二言者，以之形容文章之妙，斯已极矣。呜呼，文章死生之几在于有魂无魂之间。"作为文章的神或魂，"出乎语言文字之外，而居乎行墨蹊径之先"，可以意会难以言传。但其又并非玄不可言，只要有九方皋相马的功力，就能舍其形而得其神。文章之神韵毕竟不如"神仙之事，荒诞漫不可信"，它应是既悠深，

而又自然。只有精、气、神三者的和谐统一，这样的文章才是超凡入圣的佳作。

戴名世主张立诚有物，率其自然，提倡道、法、辞并重，精、气、神合一的散文创作理论，对后来方苞的散文创作和文学理论的形成有一定的影响，也为桐城派义法理论的形成奠定了坚实的基础。

戴名世作为桐城派的先驱，作出了巨大的贡献。他或评点古文、教授别人古文之法；或以作序作跋，阐述古文理论；或身体力行，推动古文创作；更以交游结盟，培养古文作家。在清康熙时代，古文作家群落里作古文最早且成就最高

者，首推戴名世。方苞较戴名世小15岁（据
《戴氏宗谱》记载，方与戴实为表亲，戴
名世的母亲为方苞之姑母。"苞素事之如
母"），他作文起步于时文，作古文实得
力于戴名世。方苞曾在《南山集序》中说：
"余自有知识，所见闻当世之士，学成而
并于古人者，无有也；其才之可拔以进
于古者，仅得数人，而莫先于褐夫（戴
名世）。"王源在《朱字绿诗序》中也说："田

有（戴名世）古文，同人中予所最推服。"
可见，被人奉为桐城派创始人方苞的古
文，实由戴名世指点传授。戴名世实为
桐城派初创时代的文章领袖。

（二）桐城三祖：方苞、刘大櫆、
姚鼐

1. 方苞"义法"说

方苞（1668—1749），字灵皋，号望溪，
安徽桐城人。

姚鼐说："望溪先生之古文，为我
朝百余年文章之冠，天下论文者无异说
也。"袁枚称方苞为"一代文宗"。因此，

他历来被认为是桐城派的创始人，他对桐城派的形成起到了决定性的作用。

他出生在一个没落的封建士大夫家庭。方苞22岁考取秀才，第二年到北京，进入国子监，声名鹊起。当时方苞的文章被称为"江东第一"，他写的古文被赞为"韩欧复出"。康熙五十年，发生了《南山集》文字狱。方苞的同乡朋友翰林院编修戴名世，想编一部明史以垂名不朽，在他的南山文集里，用了南明永历帝的年号，便被清廷看做大逆不道。方苞因给《南山集》作序并藏书版，遭受池鱼之殃牵连入狱，也被判处了死刑，后免死出狱。以"方苞学问天下莫闻"之殊

誉受康熙特旨入直南书房，成为皇帝的辞臣。

方苞自从入直南书房后，共经历了康熙、雍正、乾隆三个皇帝。前十年是做皇帝的文学侍从，中间十年主要担任编修官，负责朝廷典籍的纂修工作，后十年任翰林院侍讲、内阁学士兼礼部侍郎等职。在这三十年中，他凭借自己在学术上的影响、在文学上的地位和政治上亲近皇帝的有利条件，对那些身居高位的师友、交谊友好的地方官吏及自己的学生后辈，产生了很大的影响。方苞对一些社会现象的剖析，见解独到，入木三分，充分表现出他忧国忧民的政治抱负。

康熙年间，方苞目睹了康熙皇帝平定三藩之乱，收复台湾；击退沙俄军队的侵犯，签订中俄《尼布楚条约》；平定噶尔丹叛乱等。看到康熙帝的雄才大略，方苞有感而发，撰写了《圣主亲征漠北颂》，歌颂了康熙帝甘冒艰苦，远征漠北，收复边疆，平定叛乱的丰功伟绩。

到了雍正、乾隆时期，方苞先后担任内阁学士、礼部侍郎等职。他利用自己的地位和影响，不断呈送奏疏，请求皇上兴利除弊，以期实现他"分国之忧，除民之患"的心愿。他先后提出了一系列事关国计民生、富国强兵、开发边疆的设想，具有很强的针对性。

方苞作为桐城派的创始人，一生注重名节，身怀天下之志，主张经世致用，体察下情，造福于民，这对桐城派中后期代表作家"经世致用"思想的形成，产生了十分重要的积极影响，也是桐城派之所以绵延几百年而不衰的主要原因之一。

纵观方苞的一生，可以以"《南山集》案"分为

前后两个时期的分界。前期，他以求学、治学、撰述、授徒为业；后期，在宦海中沉浮，非编撰之职不就，始终不脱离一个文学辞臣的位置。为国为民倾尽所能，立德立言，堪称清代文人的典范。

方苞的一生中，担任过很多重要的职位，同时也进行了大量的古文写作、经学研究、书籍编审等文字工作。在创作思想上，他崇尚程、朱理学，提倡以"义法"为理论基础的散文创作理论，为桐城派散文的理论奠定了基础，被人们尊为桐城派的始祖。方苞一生的主要创作有《方望溪先生全集》《周官析疑》《春秋通论》《左传义法举要》等，以及他编

左傳

（春秋經傳集解）

[戰國] 左丘明 撰
[西晉] 杜預 集解

写的《古文约选》对后世影响很大。

方苞提出的最令世人瞩目的一个理论主张就是"义法"说，它是桐城派最早亮出的一面古文理论旗帜，桐城派的文论就是在"义法"的基础上逐步发展丰富并形成了一个相当完整的理论体系。

方苞的古文创作，是在其"义法"理论指导下进行的。在《古文约选序例》中方苞首次提出了"义法"这一概念：

盖古文所从来远矣，《六经》《语》《孟》，其根源也。得其支流而义法最精者，莫如《左传》《史记》，然各自成书，具有首尾，不可以分裂。其次《公羊》《穀梁传》《国语》《国策》，虽有篇法可求，而皆通纪数百年之言与事，学者必览其全，而后可取精焉。惟两汉书疏及唐、宋八家之文，篇各一事，可择其尤。而所取必至约，然后义法之精可见。故于韩取者十二，于欧十一，馀六家或二十、三十而取一焉；两汉书疏，则百之二三耳。学者能切究于此，而以求《左》《史》《公》《穀》《语》《策》之义法，则触类而通，用为制举之文，敷陈论策，绰有馀裕矣。虽然，此其末也。先儒谓韩子因文以见道，而其自称则曰："学古道，故欲兼通其辞。"群士果能因是以求《六经》《语》《孟》之旨，而得其所归，躬蹈仁义，自勉于忠孝，则立德立功以仰答我皇上

爱育人材之至意者，皆始基于此。是则余为是编以助流政教之本志也夫。雍正十一年春三月，和硕果亲王序。

《古文约选》是清雍正十一年（1733年）方苞替和硕果亲王编的书。是方苞以"义法"为标准编选的一部具有示范作用的书。这篇序例是通过阐明选文的取舍原则和古文气体，来显示"义法"说的精神实质。该书以"义法"为标准，"约选两汉书疏及唐宋八家之文，刊而布之，以为群士楷"。此书刊行后便成了当时八旗官学的教材。乾隆时，又下诏全国各学馆，将此书列为官方的古文教科书。所以方苞的《古文约选》具有"钦颁"的权威性。

《古文约选序例》是体现方苞文论思想的一篇重要文章。他在文章中首创"义法"说，为桐城派散文理论奠定基础。

他还倡导以古文之法来写八股文，说："学者能切究于此，而以求《左》《史》《公》《穀》《语》《策》之义法，则触类而通，用为制举之文，敷陈论策，绰有馀裕矣。"以期用古文来改造时文。并在"序例"中明确提出道统和文统的统一，编"约选"在于"以助流政教之本志"。

方苞在《又书货殖传后》中揭示了"义法"的含义。文中这样写到：

> 《春秋》之制义法，自太史公发之，而后之深于文者亦具焉。义，即《易》之所谓"言有物"也；法，即《易》之所谓"言有序"也。义以为经而法纬之，然后为成体之文。

方苞的"义法"说是桐城派古文理论体系的基础。

"义法"的内容是什么?方苞在多篇文章中从不同的角度进行了深入的探讨,最完整的解释出现于《又书货殖传后》一文。在本文中,方苞明确指出:"义"为"言有物",指文章的思想内容;"法"为"言有序",指文章的艺术形式,"义"为经,"法"为纬,两者统一而为成体之文。在具体论述时,方苞首先借《易经》为自己的立论张本,说明"义法"的含义及"义法"之间的关系;接着详细地分析了《史记·货殖传》的内容与篇章结构的关系,指出:"是篇大义,与《平准》相表里,而前后措注,又各有所当如此,是之谓言有序。"由此,他得出结论:《史记·货殖列传》看似记事繁杂，实际上"前后措注，又各有所当"，这主要是因为司马迁能从纷繁的材料中，准确地把握其性质，选取最能反映事物特征的材料，分门别类，安排得当，才使得《货殖列传》详略有度，井然有序。所以《史记·货殖列传》是方苞"义法"说最好的范文。

《狱中杂记》是方苞出狱后，追述他在刑部狱中见闻和感想而写的一篇文章，文章写道：

> 康熙五十一年三月，余在刑部狱，见死而由窦出者，日四三人。有洪洞令杜君者，作而言曰："'此疫作也。'今天时顺正，死者尚希，往岁多至日十数人。"余叩所以，杜君曰："是疾易传染，遘者虽戚属，不敢同卧起。而狱中为老监者四，监五室，禁卒居中央，牖其前以通明，屋极有窗以达气，旁四室则无之，而系囚常二百

余。每薄暮下管键，矢溺皆闭其中，与饮食之气相薄；又隆冬贫者席地而卧，春气动，鲜不疫矣。狱中成法，质明启钥，方夜中，生人与死者并踵顶而卧，无可旋避，此所以染者众也。又可怪者；大盗、积贼、杀人重囚，气杰旺，染此者十不一二，或随有瘳。其骈死，皆轻系及牵连佐证，法所不及者。"

……

奸民久于狱，与胥卒表里，颇

有奇羡。

山阴李姓，以杀人系狱，每岁致数百金。康熙四十八年，以赦出，居数月，漠然无所事。其乡人有杀人者，因代承之。盖以律非故杀，必久系，终无死法也。五十一年，复援赦减等谪戍。叹曰："吾不得复入此矣！"故例，谪戍者移顺天府羁候。时方冬停遣，李具状求在狱，候春发遣，至再三，不得所请，怅然而出。

"杂记"，是古代散文中一种杂文体，

因事立义，记述见闻。本文为"杂记"名篇，材料繁复，错综复杂，人物众多，作者善于选择典型事例重点描写，"杂"而有序，散中见整，中心突出。如用方苞提出的古文"义法"来衡量，繁复的材料就是"义"，即"言之有物"；井然有序的记叙就是"法"，即"言之有序"。

本文揭露并批判了封建社会的腐败和法律制度的罪恶本质。虽暴露了清王朝刑部狱的腐败与黑暗，但作者却把罪恶归咎于贪财作恶的胥吏，认为"术不可不慎"，没有看到腐朽的封建制度、残酷的阶级压迫是造成一切罪恶的根源，这是作者受时代的局限所致。

方苞的"义法"观念在《答申谦居书》《书史记十表后》《书乐府序后》《书汉书霍光传后》《与孙以宁书》《书萧相国世家后》中也有表述。

方苞的散文创作实践是以他自己创立的文论思想为指导。他的文章结构严谨，讲究取材的多样性和典型性。其散文创作特色，主要体现为叙事简洁传神，说理透彻新颖，语言质朴雅洁，写人生

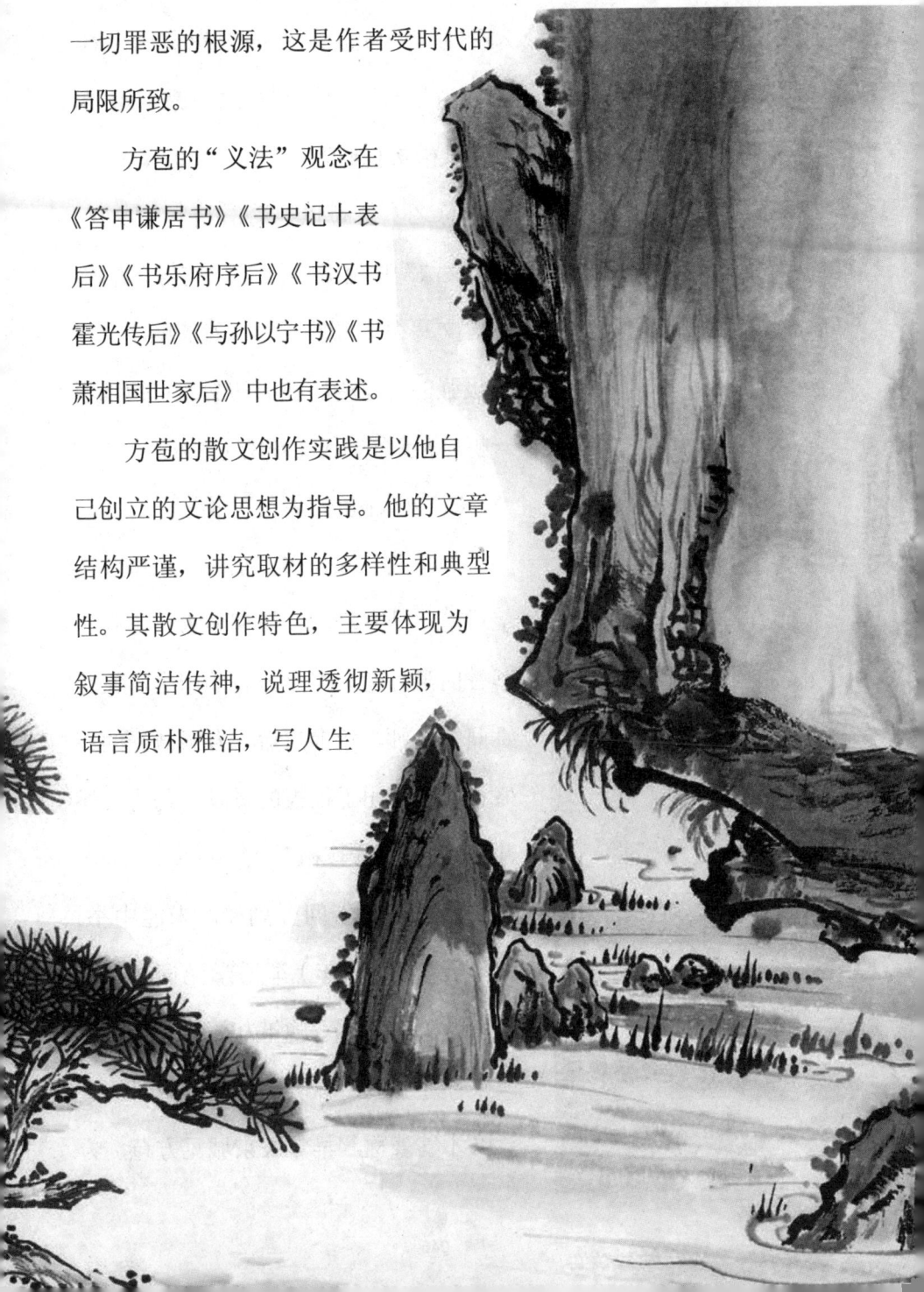

动形象。因此，从他的创作实践来看，方苞也堪称为桐城文派之正宗与楷模，为后人树立了典范。

总之，方苞以他简洁精实的文风，在"义法"理论指导下，追求道与文并重，把古文写得清新雅洁、自然流畅，并富有极强的感染力，在清初文坛可谓独树一帜，开创了一代文章风气之先。

2. 刘大櫆的"神气"说

刘大櫆（1698—1779），字才甫，一字耕南，号海峰，安徽桐城人。出身于书香门第。刘大櫆是方苞的门生，又是姚鼐的老师，承前启后，为桐城派的兴盛和发展作出了积极的贡献，与方、姚并称为"桐城派三祖"。

他于雍正年间登副榜，未能中举。乾隆元年（1736 年）举博学鸿词，十五年举经学，皆不遇。晚年为安徽黔县教谕。一生怀才不遇，以教书为业。他写的文章以才气著称，早年去京城见方苞，方

苞看到他写的文章后大加赞赏，说道："如苞何足言邪！吾同里刘大櫆乃今世韩、欧才也！"并且让他拜在自己门下，推荐他应博学鸿词科试，又介绍他入江苏学政尹会一的学幕。

方苞 75 岁时，皇帝恩准其休归回籍，并赐翰林侍讲衔，刘大櫆作《送望溪先生南归》诗，崇敬之心，跃然纸上。

国老古来重，浩然归故乡。

人依游钓处，星到斗牛旁。

衡泌栖迟好，诗书意味长。

他时南阙里，请益更登堂。

刘大櫆继承了方苞的"义法"理论，认为作文应"义法不诡于前人"，且直言不讳地指出"不得其神而徒守其法，则死法而已"，提出了"神气音节"说，使古文"义法"的理论有所创新和发展。

方宗诚在《桐城文录序》中也指出：刘大櫆为文"虽尝受法于望溪，而能变化以自成一体"。他的特点在于不满足于散文的文通字顺、清通严谨，而能从神

气、文采方面加强散文的艺术力量。

神气与语言问题，前人早有注意，韩愈所谓"气盛则言之短长与声之高下者皆宜"就谈到了气、言、声三者之间的关系，这也是刘大櫆"神气音节"说之源本，而刘大櫆所论，更为确切具体，提供了一个散文创作、学习、欣赏的门径，这是刘大櫆的独到之处，比起方苞的"义法"说，有很大的发展，在桐城文论中起到继往开来的作用。

刘大櫆的散文创作继承并发展了方苞的"义法"说，倡导"神气"说，强调神气、字句、音节统一。著有《海峰文集·诗集》《论文偶记》等。刘大櫆上承方苞，下启姚鼐，是桐城派创始人之一。

刘大櫆的古文理论以"神气"说为核心，他在《论文偶记》中论述了自己的"行文之道"，文中这样写道：

行文之道，神为主，气辅之。

曹子桓、苏子由论文，以气为主，是

矣。然气随神转，神浑则气灏，神远则气逸，神伟则气高，神变则气奇，神深则气静，故神为气之主。至专以理为主，则未尽其妙。盖人不穷理读书，则出词鄙倍空疏。人无经济，则言虽累牍，不适于用。故义理、书卷、经济者，行文之实，若行文自另是一事。譬如大匠操斤，无土木材料，

纵有成风尽垩手段，何处设施？然有土木材料，而不善设施者甚多，终不可为大匠。故文人者，大匠也。神气音节者，匠人之能事也；义理、书卷、经济者，匠人之材料也。

神者，文家之宝。文章最要气盛，然无神以主之，则气无所附，荡乎不知其所归也。神者气之主，气者神之用。神只是气之精处。古人文章可告人者惟法耳，然不得其神而徒守其法，则死法而已。要在自家于读时微会之。李翰云："文章如千军万马；风恬雨霁，寂无人声。"此语最形容得气好。论气不论势，文法总不备。

文章最要节奏；譬之管弦繁奏中，必有希声窈渺处。

神气者，文之最精处也；音节者，文之稍粗处也；字句者，文之最粗处也。然余谓论文而至于字句，则文之能事尽矣。盖音节者，神气之迹也；字句者，音节之矩也。神气不可见，于音节见之；音节无可准，以字句准之。

《论文偶记》是桐城派作家早期文论的扛鼎之作。桐城派的散文理论，滥觞于戴名世，正式提出者是方苞。方苞倡导的"义法"说虽称之为桐城派文论的核心，但其中对散文写作理论的具体阐述并不多，对散文的艺术美几乎没有涉及，因此亟须补充与发展。

刘大櫆作为方苞的得意门生，在《论

文偶记》中对散文写作的艺术表现问题作了深入细致的探讨，提出了"神气"之说。

《论文偶记》开篇即提出："行文之道，神为主，气辅之"，"神浑则气灏，神远则气逸，神伟则气高，神变则气奇，神深则气静，故神为气之主"。这里所谓的"神"即精神，也就是作家的心胸气质在文章中的自然流露，"气"则指符合作家的个性气质且洋溢于文章的字里行间的气势。气势之不同决定于神，"无神以主之，则气无所附"。神气统一，就形成散文的艺术境界以及各种不同的风格特征。

神气之说，古代的文章家早已有过许多论述，如曹丕、韩愈、苏辙等，但

都过于抽象且玄虚，刘大櫆则将其具体化。他在文中提出："神气不可见，于音节见之；音节无可准，以字句准之。"认为神气主要应从音节中去体现，而音节又是以字句为准则的。由推敲字句而使音节流畅，由音节流畅而使神气显现。本文的前五节文字，其要旨就在于讲清这些道理。另外在这一部分中，突出强调了"神"的作用，认为神是"气之精处"，这实际上就是强调了作家的气质修养对文章的决定性作用——这也是刘大櫆的神气说超出前人的地方。

刘大櫆在这篇文论中提出的这些精

辟独到的见解，为人们提供了一个散文
创作、学习、欣赏的有效途径，其理论
价值和意义无疑是非常深远的。同时这
篇文章本身也是他对自己理论绝好的实
践之作。文章不仅说理严密透彻，丝丝
入扣，有一种强大的逻辑力量，而且读
来琅琅上口，字里行间洋溢着一种雄深
磅礴的气势，体现出一种抑扬顿挫的节
奏感和音乐美。

刘大櫆的散文得到了方苞的推许激
赏，更得到了姚鼐的钦佩，姚鼐拜刘大
櫆为师。刘大櫆的弟子还有吴定、朱孝纯、
程晋芳、王灼等，都有文名，对桐城派

的形成作出了贡献。

刘大櫆的散文创作不仅突出了神气，而且能够把诗的含蓄、深远、疏旷、情韵的艺术特性引进散文，从而推进了传记散文的诗化，尤其是议论性散文的诗化，形成了诗化散文的特殊风格，这对于方苞"古文与诗赋异道"的理论来说，是一个很大的进步。如他的《海舶三集序》，本是一篇评论诗歌的文章，很容易

写得呆板艰涩，或者抽象空洞，或者揄扬过实，而他却别出心裁，着力铺写海上风涛之险，衬托海上吟诗之奇，最后再归结于其人一心以使命为重，始能履险如夷，从容吟咏，构思巧妙，措辞得体，且尤妙在诗味特浓，可谓亦文亦诗，以诗为文。又如《叶书山时文序》，虽为时文作序，但他避开时文，而以白描手法写人的心灵，简洁精炼，气韵自胜，诗味四溢，别出新境。再如《游碾玉峡记》，着墨不多，文如诗，画如文，神余笔外，景真情切。

刘大櫆的散文才雄气肆，雄奇恣纵，这主要体现在他的议论、抒情文上，如《答吴殿麟书》《焚书辨》《海舶三集序》

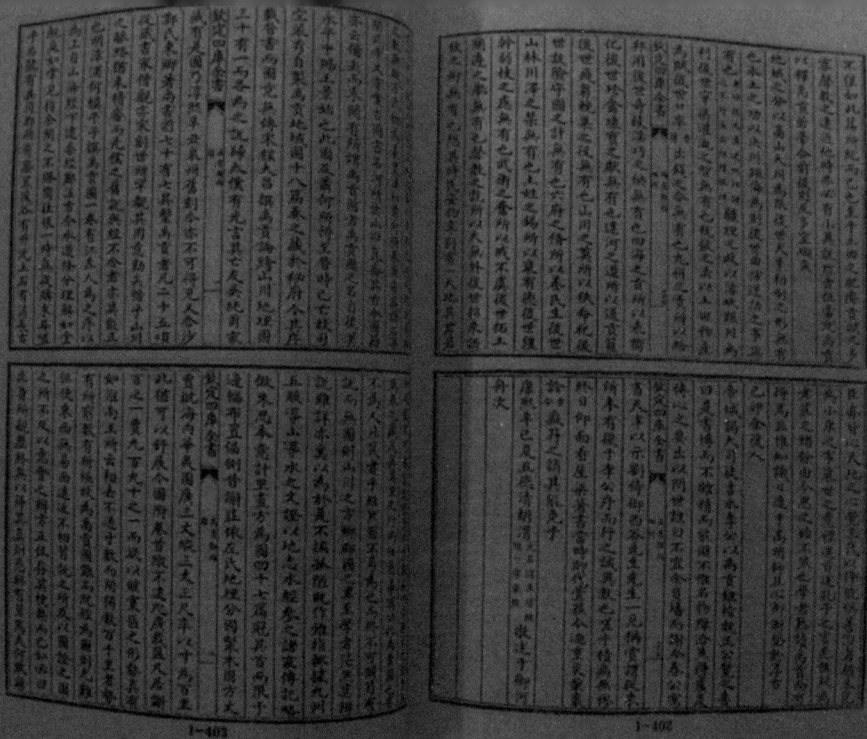

《马湘灵诗集序》《恐吠一首别张渭南》等。即使表达穷愁、牢骚、不满之思的文章也有此特点。作者善于以雄奇之文载穷愁之思，如《无斋记》《程易田诗序》等。刘大櫆的散文多是通过描写山水寄托身世之感，风格简洁而清峻。

3. 姚鼐的"义理、考证、文章"说

姚鼐（1732—1815），字姬传，一字梦榖，书斋名"惜抱轩"，世称惜抱先生，安徽桐城人。他出身于书香门第，年少的时候家里很贫穷，体弱多病，但是勤奋好学。

姚鼐是乾隆二十八年（1763 年）进士，官至刑部郎中，后为《四库全书》纂修官。中年辞官，先后在扬州、安庆、徽州、南京主持梅花、紫阳、敬敷、钟山书院近四十年。从学者众多，梅曾亮、管同、方东树、姚莹都是他的弟子。姚鼐早年时曾向刘大櫆学习古文，受到过刘大櫆的赞誉和鼓励，他终生从事古文写作与研究，成为桐城派散文的集大成者。姚鼐的散文创作理论继承了方苞、刘大櫆

的体系而又有新的发展和创新，提出了义理、考证、文章三合一的理论，阳刚阴柔的风格理论，以及文章构成具有神、理、气、味、格、律、声、色八个审美因素等理论，使桐城派文论形成为一个相当完整的体系。再加上《古文辞类纂》一书的编选，其影响遍及全国，桐城派于是形成。他的一生著述很多，有《惜抱轩诗文集》《惜抱尺牍》等。与方苞、刘大櫆并称为"桐城派三祖"。

姚鼐首次将义理、考证、文章三者结合起来作为古文理论的整体原则提出来，是对桐城派文论的发展与贡献。姚鼐的"义理"，相当于方苞的"义"；"文章"大致相当于方苞的"法"；而"考证"则完全是对"义法"的补充。三者虽不偏废，但关系是有主次的。把"义理"放在第一位，是因为它是维护封建统治阶级利益的义理，即封建观念和程朱理学。但姚鼐对方苞重义轻法也有所纠偏，他在《述庵文钞序》中写道：

> 余尝论学问之事，有三端焉，曰：义理也，考证也，文章也。是三者，苟善用之，则皆足以相济，苟不善用之，则或至于相害。今夫博学强识而善言德行者，固文之贵也；寡闻而浅识者，固文之陋也。然而世有言义理之过者，其辞芜杂俚近，如语录而不文；为考证之过者，至繁碎

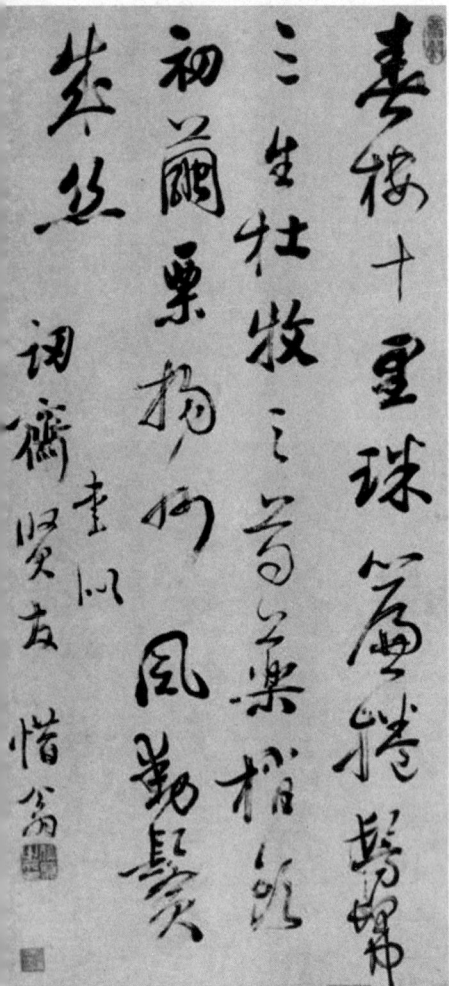

缴绕，而语不可了当。以为文之至美，而反以为病者，何哉？其故由于自喜之太过，而智昧于所当择也。夫天之生才，虽美不能无偏，故以能兼长者为贵。而兼之中又有害焉，岂非能尽其天之所与之量，而不以才自蔽者之难得欤？

青浦王兰泉先生，其才天与之，三者皆具之才也。先生为文，有唐宋大家之高韵逸气，而议论考核，甚辨而不烦，极博而不芜，精到而意不至于竭尽。此善用其天与以能兼之才，而不以自喜之过而害其美者矣。先生历官多从戎旅，驰驱梁、益，周览万里，助威国家定绝域之奇功。因取异见骇闻之事与境，以发其瑰伟之辞为古文，人所未有。世以此谓天之助成先生之文章者，若独异于人。吾谓此不足为先生异，而先生能自尽其才，以善承天与者之为异也。

　　鼐少于京师识先生，时先生亦
年才三十，而鼐心独贵其才。及先生
仕至正卿，老归海上，自定其文曰《述
庵文钞》四十卷，见寄于金陵。发
而读之，自谓粗能知先生用意之深。
恐天下学者读先生集，第叹服其美而
或不明其所以美，是不可自隐其愚陋

之识，而不为天下明告之也。若夫先生之持集及他著述，其体虽不必尽同于古文，而一以余此言求之，亦皆可得其美之大者云。

《述庵文钞序》是姚鼐文论的代表作，它不仅对桐城派的确立产生过很大的作用，对清代文坛的文风和学风也产生过重大的影响。

这篇序文开宗明义就提出了一个"义理、考证、文章"三合一的著名主张。在这篇文论中他认为义理、考证、文章是"学问"的三个组成部分，其中义理是主干，文章是依附并表现义理的，但

是又必须具有考证的精神，义理才不致流于空疏，文章才不致流于浅陋。所以他主张三个组成部分应该都擅长，并且在文章中对宋代的学者提倡的"言义理"和汉代学家提倡的"言考证"的不当说法提出了批评，并指出二者的语言都存在着不雅洁的弊端，很难写出好的文章。

"义理、考证、文章三者合一，是姚鼐治学的基本精神，也是他论文的纲领。"姚鼐在论著中贯穿着三合一的精神，他将三合一作为纲领加以论述和宣传。比如，他在《复秦小岘书》中，重申三合一的主张，认为"义理、文章、考证"三者"必兼收之乃足为善"。在《谢蕴山

诗集序》中，对于"矜考据者每窒于文词，美才藻者或疏于稽古"的偏向提出批评。在《停文堂遗文序》中，对于"美才藻者求工于词章声病之学，强闻识者博稽于名物制度之事，厌义理之庸言，以宋贤为疏阔，鄙经义为俗体"的现象表示愤懑和忧虑。这些论述，或破或立，都是为了实现其三合一的宗旨。

姚鼐在散文理论上的贡献，除了提倡"义理、考证、文章"外，还在散文创作方法方面提出了一些带有规律性的问题。姚鼐在《古文辞类纂序目》中这样说道：

> 凡文之体类十三，而所以为文者八，曰：神、理、气、味、格、律、声、色。神、理、气、味者，文之精也；格、

律、声、色者，文之粗也。然苟舍其粗，则精者亦胡以寓焉？学者之于古人，必始而遇其粗，中而遇其精，终则御其精者而遗其粗者。文士之效法古人，莫善于退之，尽变古人之形貌，虽有摹拟，不可得而寻其迹也。其他虽工于学古，而迹不能忘，扬子云、柳子厚于斯盖尤甚焉，以其形貌过于似古人也。而邃摈之，谓不足与于文章之事，则过矣。然遂谓非学者之一病，则不可也。

姚鼐《古文辞类纂》将文章体裁分为13类，即论辩、序跋、奏议、书说、赠序、诏令、传状、碑志、杂记、藏铭、颂赞、辞赋、哀祭。分类方法系统简明，对文体理论是一个贡献。总之，《古文辞类纂》是学习古文的最佳入门，也是桐城派的最好宣传，自它问世

以来，一直被桐城古文家奉为圭臬，吴汝纶甚至认为二千年高文略具于此，尊之为六经以后第一书。受姚鼐的启发，晚清前后的文人多热衷于推出自己的古文选本，以增加影响，如曾国藩之《经史百家杂钞》、王先谦、黎庶昌两家之《续古文辞类纂》，蒋瑞藻之《新古文辞类纂》、吴曾祺之《涵芬楼古今文钞》、王文濡之《续古文观止》等，这些选本在编纂体例方面大多受到姚书的启迪。

这篇序文，对各类文体的渊源、特点、功用及其代表作品都做了详细的评述，阐明了本书编写的目的，以及选录的标准，是一篇重要的文体论。

在对各类文体做了详细的论述后，姚鼐在序中对各类文体提出了八点要求，即所谓的"凡文之体类十三，而所以为文者八，曰：神、理、气、味、格、律、声、色"。神、理、气、味是构成文章审美价值的内在因素，也就是深层次的审美因素，是文之精也；格、律、声、色是构成文章审美价值的外在因素，也就是浅层次的审美因素，是文之粗也。这两个层次是融为一体的，"精"是寓于"粗"之中的，所以在学习古文的时候，要通过感受它

的格、律、声、色，深入领悟其神、理、气、味，最终达到去"粗"取"精"的境界。姚鼐对这八个审美因素的论述是十分精辟的，是对文学理论的一大贡献。

姚鼐还提出要以阳刚、阴柔区别文章风格，认为阳刚之美与阴柔之美都是文章需要的，不能偏执。姚鼐的论述较之曹丕、沈约、刘勰、严羽更为具体全面。姚鼐论刚柔的文章主要有《复鲁絜非书》《海愚诗钞序》。

姚鼐著有《惜抱轩文集》《九经说

《老子章义》《庄子章义》《惜抱轩书录》，编有《古文辞类纂》《五七言今体诗钞》《唐人绝句诗钞》等，散文成就尤高。姚鼐的文论，继承和发展了方苞的"义法"说和刘大櫆的"神气"说，有许多独到见解，在体系性和理论性方面，更加完整而周密。一方面，姚鼐所处的乾嘉时期，汉学声势很盛，骈文光芒四射，这种时代风尚使他不得不变更前人相对狭隘的文章观念，而在义理之外，兼取辞章和考证，追求三者统一，从而取得较方、刘二人更高的立足点，为其散文理论体系的建立打下坚实的基础。另一方面，姚鼐与方、刘相比，虽说"经术根底不及望溪，才思奇纵不及海峰，而超卓之识，精诣之力，则又过之，善深于文事者也"。

管同《公祭姚姬传先生文》称其"上究孔、孟，旁参老、庄，两氏之书，诸家之作，皆内咀含精蕴，而外觉浸其辞章"。说明姚鼐对前人的学术文化思想能兼容并包，取长济偏，胸襟与眼界都超人一筹。同时，由于他对政治的态度较为洒脱，

兼之壮年即隐，心无旁骛，有更多的时间与精力从事文章功业，因而在文学、文派、艺术审美等方面的自觉性，远比方、刘二人来得强烈。

总之，桐城派作为我国文学史上的一个散文流派，创始于方苞，变化于刘大櫆，成熟于姚鼐。

（三）姚门四杰

桐城派的集大成者姚鼐，四十岁后远离官场，讲学育才，历时四十年，门生遍天下，桃李芬芳，最为突出的是"姚门四杰"——梅曾亮、管同、方东树、姚莹，他们并称姚门四大高第弟子，其中梅曾亮最得姚鼐心传，不仅古文创作及文论思想有很高的成就，更重要的是他在桐城派的传播以及方苞、刘大櫆、姚鼐文学理论的发展等方面作出了积极贡献，在桐城派发展演变过程中起到了承上启下的重要作用，使之成为继姚鼐后影响最大的桐城派代表人物。

1. 梅曾亮 (1786—1856)，字伯言，江苏上元（今南京）人，祖籍安徽宣城，曾祖时移籍江苏。

梅曾亮生长于一个文化氛围浓厚的诗书之家，他的祖辈是当时著名数学

家梅文鼎，父亲梅冲饱读诗书，并于嘉庆五年（1800 年）中举，母亲侯芝亲自改订过弹词《再生缘》，因此他从幼年时代就受到良好的家庭环境熏陶。梅曾亮年少的时候喜欢骈文，与管同是好朋友，后来转为研习古文。

姚鼐在钟山书院主讲的时候，二人都去听讲。梅曾亮在青年时期就拜桐城姚鼐为师学习古文，深得姚鼐文法的精

髓，同时与桐城的文人刘开、方东树、姚莹等人往来密切，潜心学习，谈诗论文，相互切磋，以求真谛，逐步使自己成为继承和弘扬桐城派大师方苞、刘大櫆、姚鼐散文理论的核心人物，使这一时期的古文创作形成以梅曾亮为中心的局面，当时很多人都推崇他，对他大加赞赏。梅曾亮成为继姚鼐之后影响最大的桐城派代表人物，在当时及后世均享有很高的评价。"京师治文者，皆从梅氏问法。当是时，管同已前逝，曾亮最为大师。"梅曾亮六十大寿时，朱琦作诗致贺，曰："桐城倡东南，文字出淡静。方姚惜已往，斯道堕尘境。先生年六十，灵光余孤炯。

绝学绍韩欧，薄俗厌鹑鴊。古称中隐士，卑官乐幽屏。文事今再盛，四海勤造请。"吴南屏在《梅伯言先生诔辞》中说："时学治古文者，必趋梅先生，以求归、方之所传。"桐城派后期古文大家吴汝纶说："郎中（姚鼐）君既没，弟子晚出者，为上元梅伯言，当道光之季，最名能古文，居京师，京师士大夫日造门问文法。"王先谦说："道光末造，士多高语周、秦、汉、魏，薄清淡简朴之文为不足为。梅郎中、曾文正之论，相与修道立教，惜抱遗绪，赖以不坠。"所以说梅曾亮在桐城派中的

地位和声望"仅次于方苞、姚鼐",是一个很值得研究的人物。

桐城派的影响也因梅曾亮而扩大到全国,以致桐城派在长达两千多年的中国古典文学长河中,成为持续时间最长、作家人数最多、流行区域最广、影响熏染最深的文学流派。

在姚鼐的诸多弟子当中,梅曾亮能够得其精髓,而成为继姚氏之后影响最大的桐城派代表人物,与他所处的家庭、社会环境以及由此而形成的人生观有密切的关联。梅曾亮认为人生在世,要做"高世奇伟之士";即使不能立"非常之功",也要使自己取得的成就"异乎其人"。他进士及第后仅授户部郎中的官

职，这个官一做就是十多年，在政治上难有作为，只得"甘心于寂寞之道，而自居于文人之畸"了，但他又不甘心"敝于管库绳墨之间"，以"功名之庸庸者自处"，因此将主要精力都倾注到姚师所授的文学创作之中。他学桐城派、继承桐城派，更发展了桐城派的古文创作理论。梅曾亮进一步阐述发挥了刘大櫆提倡的"气"说，继承了刘大櫆"音节者，神气之迹"和姚鼐"诗古文各要从声音证入"的主张。

梅曾亮生活的时代，是封建制度逐渐解体的时期，清王朝的腐朽统治已经摇摇欲坠，国内、国际矛盾日益激化。

他身处动荡不安的政治形势之中，与姚莹等其他桐城派作家一样，仍然维护封建礼教和统治，心系国家安危，表现出对国事与现实极度关心的热情。梅曾亮和其他桐城派作家一样，尤其强调要以救时济世为己任，多方探讨国计民生之大事，谋划治国之道，心系国家安危。鸦片战争爆发后，他更是表现出一腔爱国热情，为抗击侵略者、鼓舞官民士气而奔走呐喊。在强调文章关乎世用的基础上，主张"言有用"，提出了"文章之

事，莫大乎因时"；把"通时合变"作为立言的准则，"惟陈言之务去"，强调文章创作要"得其真"、文学创作要"生乎情"和"乐乎心"……这些都给桐城派散文理论注入了充满个性风格的新鲜活力，是桐城派作家进步性的具体表现；这对方、刘、姚理论的发展，使古文创作有了取之不尽的生活源泉，无疑是个巨大的进步。

梅曾亮主张读书人要以救时济世为己任，他在《上汪尚书书》中写道：

曾亮自少好观古人之文词，及书

契以来治乱要最之归，立法取舍之辨，以为士之生于世者，不可苟然而生，上之则佐天子宰制万物，役使群动，次之则如汉董仲舒、唐之昌黎、宋之欧阳，以昌明道术，辨析是非治乱为己任。其待时而行者，盖难几矣，其不待时而可言者，虽不能逮而窃有斯志。

他认为那些仕途畅达的人，在其位当应行其志，要以佐君济世为己任。那些才学高超，仕途阻塞，升迁无望的人，不要灰心丧气，要以"昌明道术，辨析是非治乱为己任"，这样才能真正有益于世。他在《复邹松友书》中说："君子疾

没世而名不称，智士无思虑之变则不乐。上者立功业，其次垂文章于将来，有自见于没世之心，则不必当吾世而尽如吾意也。"倡导士人，要么立功，要么立言，人人都要为济世发挥自己的聪明才智。

梅曾亮把刘大櫆提倡的"气"说，进一步阐述发挥。在《李芝龄先生诗集后跋》中说道：

芝龄先生诗集若干卷，曾亮既校读毕，而做跋其后曰：

诗至今日，难言工矣。言唐者容，言宋者肆，汉魏者木，齐梁者绮，矜其所尚，毁所不见，舌未干而名磨灭者，不可胜数也。然则孰探

其所从生？曰：空而善积者，人之情也，习而善变者，物之态也；积者日故，变者日新，新故环生，不得须臾平，而激而成声，动而成文。故无我不足以见诗，无物亦不足以见诗，物与我相遭，而诗出其间也。

今以吾一人之身，俄而廊庙，俄而山水，俄而斋居，俄而殇咏，将拘拘然类以居之，派以别之，取古人之所长而分拟之，是知有物而不知有我也。若昧昧焉不揣其色，不别其声，而好为大，曰不则其境隘，好为庄，不则其体徘，好为悲，不则其情荡，是知有我而不知有物也。知有物而不知有我，则前乎吾后乎吾者，皆可以为吾之诗，而吾如未尝有一诗；知有我而不知有物，则道不肖乎形，机不应乎心，日与万物游而未尝识其情状焉，谓千万诗如一诗可也。

然则诗恶乎工？曰：肖乎吾之性情而已矣，当乎物之情状而已矣。审其音，玩其辞，晓然为吾之诗，为否与是物之诗，而诗之真者得矣。夫水之恃源也，饮一勺而知海味，其性全也。日月旁魄于三十八万七千里之外，而一隙容其光，神不穷于分也。今先生其性情深厚得之天，其鉴彻万类得之人，情足以充其词，才足

以穷其趣，故于诗有兼长而无二弊，读者其以是而求之。

本文明确指出了诗歌创作应该包含"有物"和"有我"两个方面，强调诗歌创作中的物我统一。一方面是"我"，即有我之真性情，"无我不足以见诗"；一方面是"物"，即我之情需因物而生，托物以见，"无物亦不足以见诗"。所以诗歌只有做到"肖乎吾之性情""当乎物之

情状"，才能写得有情有兴，形象宛然。
该文论诗与前篇论文，其精神完全一致。
梅曾亮的这种创作思想较多地涉及了作
家的创作个性问题，这对方苞的"义法"
说和刘大櫆的神气说，无疑是一个发展。

梅曾亮在桐城派的发展演变过程中，
起到了承上启下的重要作用。一方面是
由于他官场失意，仕途不畅，潜心古文
学习，其古文创作成就高于同时期其他

作家，吸引了许多文人归附门下。方东树推崇他："读书深，胸襟高，故识解超而观理微，论事核，至其笔力，高简醇古，独得古人行文笔势妙处。此数者，北宋而后，元明以来，诸家所不见。为之不已，虽未敢许其必能祧宋，然能必其与宋大家并立不朽。"姚莹也说他："伯言为户部郎官二十余年，植品甚高，诗、古文功力无与抗衡者，以其所得，为好古文者倡导，和者益众，于是先生（指姚鼐）之说盖大明。"另一方面，道光后期桐城古文家较有名者，相继谢世。这为古文创作形成以梅氏为中心的格局，客观上提供了一定的外部环境。梅曾亮在这一时期，久居京城，交结文士，遍纳门徒，自然成为弘扬桐城派大师方、刘、姚散文理论的核心人物。

2. 管同

清朝乾嘉年间，桐城派在文坛上已经取得了一代正宗的地位，时有"天下文

章出桐城"之说。作为"桐城三祖"之
一的姚鼐，多年主讲于书院，培养了大
批弟子，管同就是他的"四大弟子"之一。

　　管同（1780—1831），字异之，江
苏上元（今南京市）人，近代散文家。
管同出身于一个没落的封建地主家庭，
一生相当坎坷。乾隆四十五年
十月十六日，管同出生在其祖
父、颍上教谕管霈官署。乾隆

五十三年他九岁时，其祖与父相继去世，他不得不随母亲邹氏、祖母叶氏返回家乡居住。由于生活实在困难，嘉庆三年（1798 年），他十九岁时即开始在亲戚家授学谋生，随后到处流浪。

道光五年（1825 年）中举，入安徽巡抚邓廷桢幕。管同与同乡梅曾亮都是姚鼐高足，论学为文一遵姚氏轨辙，史称"鼐门下著籍者众，惟同传法最早"，梅曾亮即受管同影响，才改习古文。著有《因寄轩文集》《孟子年谱》等。

管同一生经历了乾隆、嘉庆、道光三朝，正是清王朝由兴盛走向衰落的时期：国内的阶级矛盾、民族矛盾日益尖锐激烈，但还未全面爆发；嘉庆末年的白莲教起义虽然遍及数省，但还没有动摇清王朝的统治基础；西方资本主义势力虽时刻觊觎中国，但还没有发动全面的侵略战争。管同生活于社会的中下层，对于当时吏治的腐败，世风、士风的日下有比较深刻的体会和认识，他也曾渴望大展雄风，实现自己治国、平天下的理想。

在其《拟言风俗书》中，管同直言："朝廷近年大臣无权而率心畏软，台谏不争而习为缄默，门户之祸不作于时而天下遂不言学问，清议之持无闻于下而务科

第、营货财，节义经纶之事漠然无与其身。"

在写成于嘉庆二十三年的《拟筹积贮书》一文中，管同则探讨了当时京师粮食储备空虚问题。他首先提出质疑说："当乾隆中岁，京仓之粟陈陈相因，以数计之，盖可支二十余岁，乾隆之去今时既未远，加以数十年内未阙一州，未损一县，未加一官，未增一卒，何以曩者备二十岁而有余，今则仅支一年而不足？"他认为，京师粮食储备空虚是寄生阶层急剧增加造成的，其一是王侯子孙"愈衍愈众，至于今枝繁叶盛，盖其人已数倍于前"，从而使国家支出的恩米急剧增加；其二是"满兵尽人而养之"；三是"匠役无事而食者盖过重"。而解决办法，除满兵生计所关"无善计"外，匠役可以裁减，王侯子孙的俸禄可以适当减少，"爵则仍之，禄则减之"，其中贤能者可以派官差食官俸。恩米、匠米支出减少，京师粮食储备自然就会逐渐恢复如前。综合而言，管同的许多主张颇与时人的看法相吻合，特别是对吏治、士风的分析和看法，基本上反映了当时社会的实际情况。当时有许多人关注人才匮乏问题，把它当做社会衰败的重要原因。如常州学者张

惠言作于嘉庆四年五月的《送左仲甫序》一文，就对人才、军备、胥吏等问题进行了讨论。在他看来，当时的最大社会问题就是缺乏合格的国家管理人才，而其中根本的原因则在于科举制度的弊端："方今大患，在天下之才不足以任天下之事。夫上之所取，下之所习，无事之所养，有事之所用，今国家求政事之选，而于时文诗赋取之，其不足以得士也明矣。"因此他建议实行举荐的办法招揽人才，就是："令天下荐举有文武智术之士，朝

廷试而用之，庶几于事有属。"

管同是一个重感情的人，他尊敬老师，疼爱孩子，对朋友坦诚相待。他与姚鼐关系甚笃，无论在什么地方都与之书信往来，报告自己的消息。姚鼐给他的书信他都仔细地收藏着。他的字"异之"就是姚鼐给起的，取"君子以同而异"之意，他儿子名"亢宗"，也是姚鼐给起的。他与梅曾亮、姚莹、方东树、马韦伯等人都是非常要好的朋友。梅曾亮说："吾自信也，不如信异之之深，得一言为数日忧喜"，他学习古文就是受管同的影响。管同对朋友真诚，经常直言不讳地指出朋友的缺点和不足。例如，有一次，姚莹请他修改自己的一篇文章，他看后认为"此文欲改，须并其立意改之"，基本上否定了姚的文章。在学术上，管同受姚鼐影响最深。姚鼐推崇程朱理学，尊程朱为"父师"。管同也认为"道学之尊,犹天地日月也"，又说"朱

子解经，于义理决无谬误，至于文辞训诂，名物典章，则朱子不甚留心，故其间亦不能无失"。在治学态度上，管同亦秉承其师，主张"大丈夫宁犯天下之大不韪，而必求吾心之所安，其说经也，亦若是而矣"，即以一种公正、客观的态度来研究学术，如果"求胜焉，曲徇焉，非私则妄"。在这一点上，他与方东树有很大的不同。方东树极力维护程朱理学的神圣地位，对于汉学的攻击不遗余力。管同持论较为公允，他尊重程朱理学但不迷信之，对于汉学也积极利用之。

3. 方东树

方东树（1772—1851），字植之，别号副墨子，安徽桐城人。他取蘧伯玉五十知非、卫武公耄而好学之意；以"仪卫"

朱熹墓

公元一九八六年十一月　日立

福建省人民政府

第二批省级文物保护单位

经本府于一九八六年十月公布为

名轩，自号"仪卫"老人，故后世学者称之为仪卫先生。方东树幼承家范，聪颖好学，十一岁时仿效范云，作《慎火树》诗，乡里前辈莫不惊异赞叹，稍长从师姚鼐，好为深湛浩博之思，为姚鼐的得意门生，被誉为姚门四杰之一。但连应乡试十余次，均告失利，至道光七年宣告不再应试。四十岁以后，不欲以诗文名世，研极义理，而最佩服朱熹。他曾说："立身为学，固以修德制行，内全天理为报，而于人世事理亦必讲明通

贯以待用。"他常对弟子说："读书人不
耕不织,却食有米、穿有衣,不免有愧
于心。只有读书明理,勤于写作,著书
立说回报社会,为民服务,才能无愧于
心。"

桐城派在其集大成者姚鼐去世后的
数十年间,影响与规模并未衰减,反而
日益增大,正像当代学者马厚文先生所
说的:"南至洞庭西岭广,从兹派衍复支
分。"这种局面的形成,首先归功于梅曾

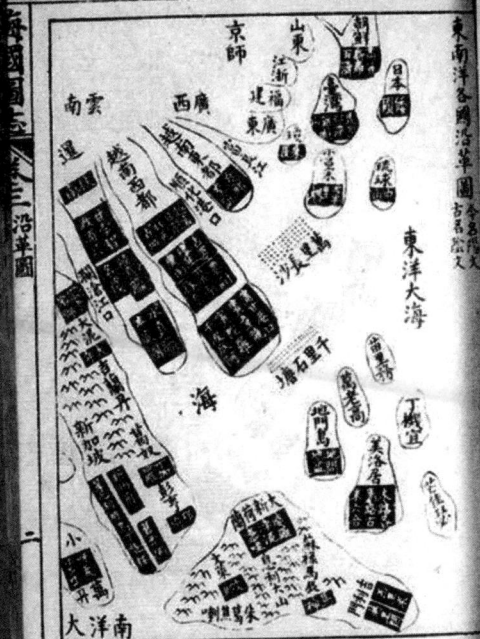

亮、管同、方东树、姚莹等姚门弟子的极力维护和发扬。他们主要活动于鸦片战争前后，是桐城派在近代的第一代代表人物。其中以梅曾亮地位最高、声誉最隆、创作成就最大，紧随姚鼐之后，有继主坛坫之势。方东树则以古文家兼学者的身份，对桐城派古文理论做了一番扎实而卓有成效的推进工作。

对代表时代潮流的进步著作，方东树也很关注，显示出可贵的开放意识。

如他晚年读到《海国图志》时，"不禁五体投地，拍案倾倒"，连忙写信给作者魏源，说"此书闻名已久，迟而未见，急拭昏眸，悉心展读"，"以为此真良才济时切用要著，坐而言可起而行，非迂儒影响耳食空谈也"。学者本色，于兹可鉴。

方东树是程朱理学的坚定维护者和传播者，但并非冥顽不化、守旧不移的腐儒。他不满于汉学末流的繁引曲证，"考核一字，累数千言不能休"。但他对汉学亦有相当的研究，切切实实下过一番苦功，否则不可能写出《汉学商兑》以揭其失。有这样一个鲜为人知的事实，颇能说明问题。道光四年（1824年），方东树客于广东督署，曾以阮元所刻《十三经注疏校勘记》，借卢文弨原本详校一遍，上下四旁朱墨交错，所加按语，

或发明，或纠正，考据精确而详明，实为读《注疏》之精要。可见方东树对汉学并非束书不观，要说门户之见，间或有之，但并没有人们想象的那样壁垒森严。

方东树在诗论方面用力尤深，他晚年所著《昭昧詹言》一书即是一部较完整的诗歌理论专著，将桐城派诗论推向了一个新的高峰。《昭昧詹言》是方东树的重要著作之一。从中国古典诗学的发展历程看，该书可以说是中国古代诗学的总结性著作之一。

《昭昧詹言》是作者论诗之作。正集 10 卷，写成于道光十九年（1839 年），专论五言古诗。首卷为通论，以下汉魏、阮籍、陶渊明、谢灵运、鲍照、杜甫、韩愈、黄庭坚各一卷。其后又撰《昭昧詹言续录》二卷，专论七言古诗。前卷为总论，

后卷分论从唐代王维、李颀至元代虞集、吴莱等 16 人。道光二十一年又写成《续昭昧詹言》八卷，专论七言律诗。首卷通论，以下各卷分论初唐诸家、盛唐诸家、杜甫、中唐诸家、李商隐、苏轼与黄庭坚，末卷附论诸家诗话。作为桐城派古文家，他认为古文文法通于诗，"诗与古文一也"。此书即以论古文之法论诗，其大旨皆与作者论文思想相通。作者追求的

诗歌标格是既要"义理"蕴蓄深厚，又要"文法"高妙。通过前者使诗歌"合于兴、观、群、怨"，达到作者所期望的社会作用；通过后者攀跻古代名家的高格，他认为为诗必学古人，但不可袭其形貌。更有因有创，做到义理自得，辞语独造，所谓"不似则失其所以为诗，似之则失其所以为我"。

这本书最主要的特点就是以桐城派古文家的眼光评断诗歌，以"古文义法"论诗，强调章法、字法、气脉、意境等。由于它评论历代诗人的作品，多独出机杼，使学习者不仅能够时时追踪古代文论发展的潜在脉络，而且可以紧紧把握作为特定时代产生的桐城派的文学思想，对巩固桐城派的主导地位、扩大它的影响，起到积极的推动作用，具有较高的理论价值。

方东树继承了方、刘、姚"三祖"的遗风，悉心扶植人才，奖掖后进，成就斐然，在学生眼中，他是一位"相貌清癯，长身玉立，神采凝重"的良师，道德文章学识更是世所共仰，故四方学子，负笈来求。与别人不同的是，方东树的弟子大多是晚年家居时所收。方东树是中国近代文学史上著名的文学理论家，无论是阐道、论艺，还是析法、评

点，都能独树一帜，独陈己见，极大地丰富和补充了桐城派文论体系。他的文论思想主要体现于为数众多的书序、题跋、尺牍中，虽非集中阐发，条分缕析，但读者通览之后，就会发现，方东树理论建树涉及古文理论的各个重要领域，贯穿其中的主旨一脉相承，思路清晰而缜密。

4. 姚莹

姚莹（1785—1853），字石甫，号明叔，晚号展和，因以十幸名斋，又自号幸翁，安徽桐城人，近代文学家。从祖姚鼐，为桐城派古文主要创始人。嘉庆十三年（1808 年）进士。1838 年，奉特旨调任为台湾道，与总兵达洪阿一起率领军民多次打退侵略台湾岛的英国殖民主义者，为保卫祖国宝岛立下了赫赫战功。清王朝向英国屈辱议和后，以知州分发四川。咸丰初年，奉旨赴广西赞理军务，先后任广西、湖南按察使。他

不仅是中国近代史上一位坚决抵抗外国入侵的爱国官员，而且还是一个具有远见卓识、主张开眼看世界的爱国思想家，其宏富的著作中，有许多关于此方面的详细材料。

鸦片战争后，姚莹被发往四川，曾两次奉命入藏，撰写了《康輶纪行》这部传世之作，是姚莹在地理学上的最大

成就。这本书是他贬官四川后，奉命前往乍雅（今四川甘孜藏族自治州及西藏宁静山以东地区）、察木多（今西藏昌都县）处理当地呼图克图（清政府授予喇嘛教大活佛的封号）之间争权斗争的沿途见闻实录。对中国西藏的历史、地理、政治、宗教以及风俗习惯等作了比较全面的考察，对与中国西藏毗邻的一些国家以及英、法等国的情况都尽可能地作了介绍，尤其是涉及了英国的政府机构与官员设置情况，对议会制度表现出了浓厚的兴趣。他提出要警惕英国对西藏地区的侵略，加强沿海及边疆的防务。他认为，英、法、美等国远离中国数万里，他们多年来研究中国，对中国的地理人

魏 源

（1794—1857）隆回人，道光进士，中国近代著名启蒙思想家、史学家、经学家、文学家，与龚自珍齐名，世称"龚魏"。治学以经世致用为宗旨。鸦片战争之后，倡"师夷长技以制夷"之说，对后世"维新变法"运动、"洋务运动"产生过很大影响，被誉为中国"睁眼看世界的第一人"。魏源学识渊博，著述甚丰，有《魏源全集》行世。其中《海国图志》影响尤为深远。

事很熟悉，而我国对他们却并不了解，这是中国失败的原因。该书表达了姚莹的满腔爱国热忱，体现了经世致用思想与严谨的治学态度。尽管姚莹对西方的认识存在着局限性，但他对西方的了解已经超过了与他同时代的林则徐、魏源、夏燮等人，代表着当时的最高水平。

姚莹出于对祖国的热爱，使他虽身处逆境，仍忧国忧民，注意边疆考察，努力从事地理学的研究，他最先呼吁人们重视西藏问题，及时提醒人们警惕英国殖民者觊觎中国西藏的险恶用心，并与英国妄图永久占领中国西藏作为自己殖民地的阴谋诡计作斗争。这些，足以

证明姚莹是一位杰出的爱国主义思想家。

姚莹崇尚程朱理学，但他"耽性理，兼怀济世"，做官清廉自守，注意时务，有政声，也有一些有关实际政事的著述。

在文学上，姚莹承袭家学，曾亲聆姚鼐教诲，名列"姚门四弟子"，为桐城派古文家。他论文继承桐城派的"义法"说，"才、学、识三者先立其本，然后讲

求于格、律、声、色、神、理、气、味八者以为其用"，使文章"关世道而不害人心"。他的文章除阐释性理者外，包括论辩、序跋、赠序、书信、记传、杂文等，"举声音笑貌、性情心术、经济学问、志趣识见乃至家声境遇，靡不悉载以出"。又"善持论，指陈时事利病，慷慨深切"。如《通论》《再复座师赵笛楼先生书》等，于论政议事之中，渗透着自身的遭遇感慨和切愤深忧，激昂豪宕，文笔隽永而富于感情。但他的文章也时有琐碎、粗糙之病，缺乏剪裁与锤炼。

　　姚莹是清散文家、翰林院编修姚范
的曾孙，又是桐城派三祖之一姚鼐的侄
孙和受业者，他与梅曾亮、管同、方东
树并称为姚鼐的四大弟子，为桐城古文
八大家之一。方东树称赞他："其学体用
兼备，不为空谈；其文一自抒所得，不
苟其形貌之似。其齿少于余，而其才识
与学之胜余，相去之远，中间恒若可容

数十百人者。"因此姚莹在桐城派中享有崇高的地位。

他继承、发扬了姚鼐提出的义理、考据、辞章三者不可偏废的文论主张，竭力"倡明道义，维持雅正"。强调文章贵在"神气"，注意格、律、声、色，主张"文贵沉郁顿挫"，提倡将沉郁顿挫与清雅秀洁有机结合起来，形成一种绮巧而宏蔚的美学境界。所作散文刚健雄直，长于议论，指陈时事，慷慨深切；记叙文、传记文，叙事清楚，感情丰富。尤其是文中所表达的政治见解有独到之

处，表现出"义有所不安，命有所当受"的社会使命感和责任感以及献身国家民族的可贵品质。姚莹从小热爱读书，对书无所不窥，往往"博证精究，每有所作，不假思索，议论闳伟"，其"文章善持论，指陈时事利害，慷慨深切"。他心系人民，做过许多官职，在台湾岛任职期间，他多方规划，建造城垣衙署，改筑仰山书院，大力鼓励人民开垦农田，兴利除弊，积极促进汉族人民与高山族人民的团结友好，对开发噶玛兰作出了积极贡献，因而"深得士民心"，声震一时。后来，因龙溪别案，受牵连而被革职，"台人大失望，群走道府乞留"。道光十二

民族英雄林则徐
1785年8月-1850年11月

年（1832年）至十四年（1834年）间，任江苏武进、元和知县。当时，道光帝诏谕朝廷内外大臣举荐人才，姚莹为两江总督陶澍、江苏巡抚林则徐所器重，力荐朝廷，皆认为姚莹"可大用"。林则徐推荐姚莹的评语，尤为恳切。他说姚莹"学问优长，所至于山川形势，民情利弊，无不悉心讲求，故能洞悉物情，遇事确有把握。前任闽省，闻其历著政声，自到江南，历试河工漕务，词讼听断，皆能办理裕如。武进士民，至今畏而爱之"。于是，升为高邮州知州，未赴任便调署淮南盐监掣同知。道光十六年（1836年），入都引见，道光帝"察其才，具明白谙练"，于次年授台湾兵备道，赏加按察使衔。

台湾镇总兵达洪阿"性过刚，同官鲜与合"，道光十七年（1837年）姚莹初至台，彼此"亦有龃龉"，历经两年，姚莹待之以诚，达洪阿深为佩服。某日登门谢过，他对姚莹说："武人不学，为君姑容久矣，自后诸事悉听君，死生福祸愿与共之。"于是，结成兄弟之交，相互团结合作，之后他们在鸦片战争

期间领导台湾军民抗英，屡次取得重大胜利。

姚莹以强烈的爱国思想及实践保家卫国，震动神州；以渊博的学识、精深的思想、清正的节操，处世为人，享誉中华；得到了世人的钦佩和敬仰。张际亮曾称："余足迹遍天下，游处率当世豪士，然仅得近古豪杰一人，其惟桐城姚侯乎！"

三、桐城派散文的源流及影响

桐城派是清代文坛最大的散文流派，作为一种恢弘壮观的文化现象，桐城派从其产生到终结，大体可以分为初创、兴盛、末流三个互相衔接而各有特点的时期。

（一）初创时期

桐城派的初创时期为清康熙至乾隆年间，代表人物有戴名世、方苞、刘大櫆。

戴名世是桐城派的先驱者,在桐城派孕
育初期,起到了继往开来的特殊作用。
他论文主张立诚有物,率真自然,提倡
道、法、辞并重,精、气、神合一。清
顺治元年（1644 年）清王朝入关后,为
巩固其封建统治地位,采取尊崇儒家理

学的策略，以软硬两手迫使知识分子就范，宣扬"万世道统之传，即万世治统之所系也"。统治阶级的政治思想，给宣扬儒家道统的文学带来了发展良机。桐城派创始人方苞及其古文流派就是在这种历史条件下应运而生的。

方苞早在青年时代，就有以唐宋八家之文，载程、朱之道的志向。25岁时，他在京师与姜西溟、王昆绳论"行身祈向"时就曾说过"学行继程朱之后，文章在韩欧之间"。以后，他在《读史记八书》《书史记十表后》中提出了"义法"主张。及至从《南山集》案中解脱后，"义法"说得到了进一步明确和完备，雍

正十一年 (1733 年)，方苞任翰林院侍讲学士，替和硕果亲王编成《古文约选》，便为"义法"说提供了一部示范书。在此书"序例"中，他阐述了道统与文统统一的问题，揭示了"助流政教之本志"。《古文约选》当即"刊授成均诸生"。乾隆之初，又"诏颁各学官"，成为官方的古文教材。方苞所写倡导"义法"的"序例"，也就具备了"钦颁"的权威性。自

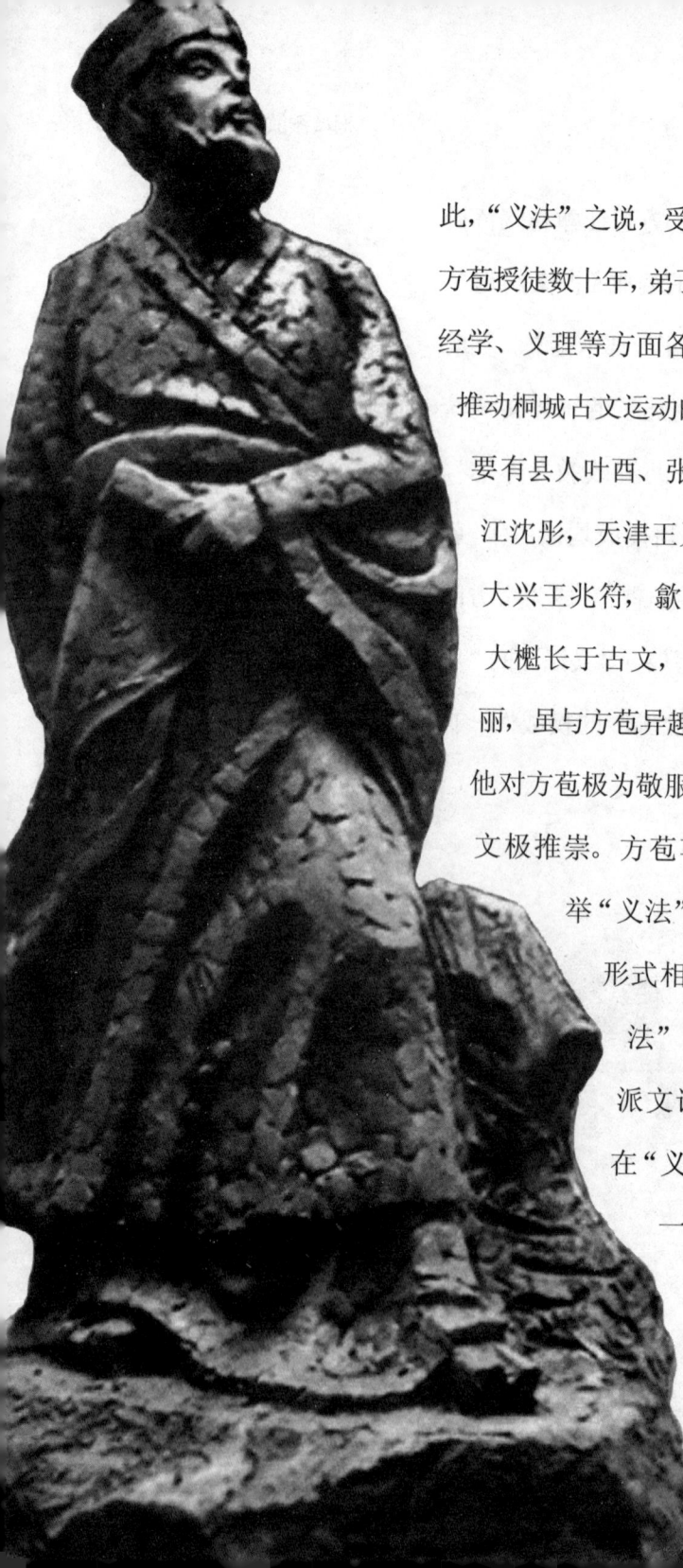

此，"义法"之说，受到士林的普遍重视。方苞授徒数十年，弟子甚众，他们在道学、经学、义理等方面各有侧重，后多成为推动桐城古文运动的中心人物，其中主要有县人叶酉、张尹，宁化雷鋐，吴江沈彤，天津王又朴，仁和沈庭芳，大兴王兆符，歙县程崟等。县人刘大櫆长于古文，辞如欧苏，文气富丽，虽与方苞异趣，无师承关系，但他对方苞极为敬服，方苞亦对他的散文极推崇。方苞尊奉程朱理学，标举"义法"，要求文章内容和形式相统一。方苞的"义法"说，后来成为桐城派文论的基础。刘大櫆在"义法"说的基础上进一步提出"神气""音节"说，刘大櫆一生致力于教学和著述，传人众多，在他的影响下，产生了以恽敬、张惠言为代表的阳湖派，实为桐城派初创时期的别支。

（二）兴盛时期

桐城派的兴盛时期为乾隆年间至1840 年鸦片战争之前，主要代表人物是刘大櫆的弟子姚鼐。他提出了"义理、

考证、文章"三者合一的创作主张，并
编选了《古文辞类纂》75卷作为典范。
乾隆四十二年（1777年），他在《刘海峰
先生八十寿序》中，正式亮出了桐城派
的旗号。在此文中，他引用吏部主事程
晋芳、编修周永年所云："为文者有法而
后能，有所变而后大，维盛清治迈逾前

古千百，独士能治古文者未广。昔有方侍郎，今有刘先生，天下文章其出于桐城乎？"此文还阐述了方苞、刘大櫆以及姚鼐之间的理论继承关系，揭示桐城古文形成派系的端绪。此后桐城派之名遂显于世。姚鼐初受业于古文家、伯父姚范，继师事刘大櫆，充《四库全书》馆编修官。中年称疾归里，先后主讲钟山、梅花、紫阳、敬敷书院四十余年，传授古文法，培养写作人才。姚鼐为文修洁雅醇，气质较方苞恣肆，较刘大櫆严谨，

涉猎汉、宋诸学，兼及考据、训诂。为文提倡"考据、义理、辞章"兼备。其所编《古文辞类纂》，世人称为古文读本最精赅之书。桐城派至姚鼐，文章风气始遍及全国，形成所谓"家家桐城""人人方姚"的局面。姚鼐把桐城派的古文理论提高到了一个崭新境界，而且也对整个中国古代古文理论作出了总结性贡献。姚鼐以文名确立了其桐城派集大成者和领袖人物的地位，门人众多又进一步壮大了桐城派的声威，弟子中以梅曾亮、管同、方东树、姚莹四人成就最高，世称"姚门四杰"。

（三）末流时期

桐城派的末流时期为鸦片战争后至1919年五四运动之间，主要代表人物为梅曾亮、曾国藩。梅曾亮是江苏上元（今南京）人，官至户部郎中，主张文章反映现实，为现实服务，提倡作家"以昌明道术、辨析治乱是非为己任"，故其为文长于议论，指陈方略，识见颇高，又善于开掘题材，细致入微而又透彻有力。道光时期的湖南湘乡人曾国藩，因创建湘军、镇压太平军、助清廷实现所谓的"同治中兴"，积功

累迁至两江总督、体仁阁大学士、武英殿大学士，封一等侯，卒谥文正。曾国藩竭力倡导古文，以维护封建道统，一时被视为文章的中兴功臣。他称自己"粗解文章，由姚先生启之"，肯定姚鼐"义理、考据、辞章"的"学问之途"。基于"文章与世变相因"的认识，他对桐城家法已有所变化和超越。曾国藩门下以武昌张裕钊、桐城吴汝纶、无锡薛福成、遵义黎庶昌四人声名尤著，世称"曾门四弟子"，他们奉曾氏之说惟谨，不断宣扬曾

氏业绩以及桐城派。

　　福建侯官人严复曾从吴汝纶学习古文，受其影响，论文力求实用，其政论文理充气沛，深美可诵，在一定程度上突破了桐城派的范围。与他们同时而年辈稍晚的桐城派作家还有桐城人马其昶、姚永朴、姚永概等，他们的文学成就虽然不及前辈作家，但正是由于他们的存在，桐城派在民国初年仍在文坛保持相当的影响。以反对旧道德，提倡新道德，反对文言文，提倡白话文为旗帜

的五四新文化运动兴起后，桐城派被作为旧文学的代表遭到胡适、陈独秀、钱玄同等人的攻伐，被斥为"选学妖孽，桐城谬种"，促使风烛残年中的桐城派最终走向消亡。桐城派的消亡，缘于它自身艺术创造力的衰竭，其所固守的文化价值及道统、文统观念的不合时宜，其行文拘谨的文言文体形式与日益丰富繁杂的时代内容不可协调，以及科举制度的废除，封建王朝的覆灭等桐城派赖以生存的社会条件的变化。但桐城派前后绵延二百余年，先后归聚散文作家千余人，留下两千余种著作，形成"天下高文归一县，遂令天下号宗师"的文学奇观，在中国古典文学的长河中，就流派而言，其持续时间之长、作家人数之多、流行区域之广、影响熏染之深，堪称绝无仅有。

　　文化是一个民族的标志，包括桐城派在内的传统文化是中华民族历史创造的集体记忆与精神寄托。桐城派虽然是以一个文学流派的面目流行于世，但它所彰显的人生主张、思想见解、价值取

向却不局限于文学领域。桐城派作家群体所集中体现的忠诚奉献的爱国情怀、自强不息的进取精神、和谐精致的处世理念、兼收并蓄的开放胸怀以及独树一帜的创新风格，既是区域文化、乡风民俗和人文精神的总体概括与展示，也是我们在构建社会主义和谐社会历史进程中所应大力弘扬的优秀文化传统。研究桐城派，开发利用这一宝贵文化资源，推陈出新，古为今用，从学术的角度而言，是文化自身再生产的需要；从应用的角度而言，有利于扩大对外影响，为建设社会主义和谐文化提供智力支持。